# POÉSIES

## DIVERSES

PAR

VICTOR-ROBERT JONES.

SAINT-QUENTIN.

IMPRIMERIE TYPOGRAPHIQUE ET LITHOGRAPHIQUE DE J. MOUREAU,

Éditeur du *Journal de Saint-Quentin*, Grand'Place, 7.

1860

# POÉSIES DIVERSES

# POÉSIES

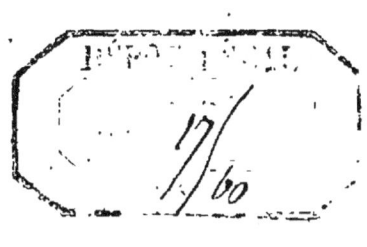

## DIVERSES

PAR

## VICTOR-ROBERT JONES.

SAINT-QUENTIN.

IMPRIMERIE TYPOGRAPHIQUE ET LITHOGRAPHIQUE DE J. MOUREAU,

Éditeur du *Journal de Saint-Quentin*, Grand'Place, 7.

1860

# PRÉFACE.

La préface est ordinairement une réclame, dans laquelle l'auteur cherche à établir le mérite de son livre, et à le recommander au public. Je crois, lecteur, que ces précautions ont fort peu d'influence sur vos jugements. Cependant je voudrais m'autoriser de cette liberté littéraire, pour vous engager à lire mes essais dans une disposition d'esprit favorable; car, sans anticiper ici sur une histoire que j'ai le projet d'écrire, si l'instabilité de ma précaire existence me laisse le temps d'achever ce curieux roman, je vous dirai qu'ayant été atteint, il y a six ans, à l'âge de quarante-deux ans, d'une amaurose qui d'abord me faisait voir les objets comme dans une eau claire, et plus tard dans une eau vaseuse, ma vue a baissé au point qu'aujourd'hui je ne vois plus guère que le jour; les objets m'apparaissant comme à travers une feuille de corne assez épaisse, ou comme vous verriez dans une eau trouble l'épreuve d'une planche gravée, qui, à force d'usure, ne rendrait plus que quelques lignes à peine marquées; et, depuis que mes yeux ne peuvent plus surveiller ces petits incidents qui, n'étant presque rien par eux-mêmes, déterminent à la fin des effets considérables, je m'aperçois que tout me devient très-difficile. C'est pourquoi le moindre succès que je pourrais obtenir auprès de vous, serait une heureuse compensation aux déceptions que j'éprouve journellement.

Je vous prie donc, lecteur, de lire avec bienveillance les circonstances qui ont donné naissance à cette publication. Ma santé, malgré mon état, étant aussi bonne que possible, je cherchais une occupation utile, et je pensais trouver quelque grande maison qui voulût me charger de placer, en voyageant avec un de mes fils, cer-

taines marchandises importantes, où les yeux n'eussent
pas grand'chose à faire, telles que sucres, eaux-de-vie,
vins, etc. J'avais une entière conviction de réussir dans
cet emploi; mais pour cela il fallait une maison qui me
fît assez de ressources pour rendre la chose possible; et
j'ai passé quelque temps en recherches infructueuses. C'est
alors que, me rappelant avoir fait dans ma jeunesse de
petits vers, j'essayai sans but avoué quelques poésies. Je
commençai par *la Jeune Fille* et une *chanson,* adressant
ces deux pièces à ma femme. Vinrent bientôt après : *A
une jeune Musicienne, Corinne, la Coupe, l'Art de fumer,
Conseils aux jeunes gens, les Mondes, la Prière,* etc.
Après avoir rassemblé, en moins d'un an, une trentaine
de pièces diverses, je me demandai si je ne pouvais pas
tirer quelque parti de ce travail; et, quoique je comprisse
bien qu'il ne m'offrait point une ressource suffisante en
lui-même, il me sembla que cette aptitude que je venais
de découvrir en moi, m'ouvrait la perspective d'une
carrière qui, bien que pleine de difficultés, n'était pas
absolument impossible. Reliant à cette idée l'accomplis-
sement de certaines démarches que j'avais projetées, et
qui pouvaient avoir pour moi de très-heureux résultats,

mais que je ne pouvais faire moi-même, je m'adressai successivement, par correspondance, à quelques personnes bien posées. Les unes ne me répondirent pas, et les autres, après quelques minutes de chaleureuse sollicitude, ne pensèrent plus à moi.

Je pris enfin le parti d'aborder tout simplement le public qui, en définitive, est le juge souverain et sans appel en matière littéraire. Je fis imprimer dans les journaux de Saint-Quentin quelques poésies qui me valurent, cette fois, des témoignages si flatteurs et d'un si grand poids, que je n'eus qu'à me féliciter de ma hardiesse. En publiant ce livre, j'ai la conscience de n'avoir rien produit qui puisse blesser l'honnêteté ou être une excitation au mal. J'espère, au contraire, que le lecteur y trouvera çà et là quelques sérieuses pensées, et que le sentiment religieux qui se fait jour dans plusieurs de ces compositions, me vaudra quelques sympathies.

# INTRODUCTION.

—◇—

*Nous entendons dire autour de nous qu'on ne lit plus les vers, que la poésie est morte. Si cela était vrai, nous devrions déplorer la perte de cette muse éloquente qui naguère consolait le monde par ses chants gracieux et ses magnifiques récits. Mais rassurons-nous :* Homère et Virgile *ont encore des admirateurs ;* Racine, La Fontaine *et* Boileau *sont aussi populaires qu'en aucun temps ; et beaucoup de charmants poètes de nos jours ont été fort bien reçus parmi nous.*

*La Peinture et la Musique, qui sont les sœurs de la*

Poésie, obtiennent des succès moins contestés. La Musique semble avoir surtout l'heureux privilége de la
faveur universelle. Elle n'enseigne rien, elle n'édifie
rien; mais elle nous flatte, elle nous pénètre par les
divers sentiments qu'elle exprime. C'est l'enchanteresse
qui préside aux séductions et aux plaisirs; c'est une
sorte de sensualité de l'esprit. Aussi ne laisse-t-elle après
elle, comme la volupté à laquelle elle ressemble, qu'un
souvenir délicieux et fugitif mêlé d'affaissement.

La Peinture, en frappant nos yeux, captive notre
admiration. Elle nous possède par un charme saisissant
et spontané plus calme et plus durable; elle nous iden-
tifie avec les objets qu'elle représente, et dont elle laisse
en nous l'image. Notre âme se complaît dans la jouis-
sance des beautés sereines de la nature qu'elle offre à
nos yeux, et s'exalte en présence des grandes actions
historiques qu'elle consacre. Mais, comme la Musique,
elle n'exprime la pensée que d'une manière vague.

La Poésie ne se produit pas d'elle-même, ne s'im-
pose pas, pour ainsi dire, comme ses brillantes rivales.
Cette fille du Ciel sait ce qu'elle vaut; il faut qu'on la
cherche; encore ne révèle-t-elle ses beautés infinies

qu'aux enfants des hommes qui ont en eux quelque
chose du feu sacré qui l'anime. Elle ne prodigue pas
ses faveurs au vulgaire qui n'entend rien à sa sobre et
savante harmonie. Elle est esprit : c'est à l'esprit de
l'aimer et de la comprendre ; mais elle donne à ses favoris des joies ineffables ; elle les transporte dans un
monde idéal où tout revêt à sa voix un intérêt merveil-
leux. Elle nous entraîne et nous instruit : ses œuvres
sont pleines de faits curieux, d'enseignements et de
belles sentences. Quelquefois, dans un essor sublime,
elle plane dans la région des étoiles et nous dit les
choses cachées des astres. Elle chante les événements
mémorables, les mystères et les scènes de la nature, les
joies et les douleurs de la terre. Elle sait tout et enseigne tout, sous le voile de ses ravissantes images.

Comment pourrions-nous refuser à cet art quelques
instants dans nos loisirs ? quel plus noble délassement
pourrions-nous choisir à nos travaux journaliers ?
Quelle plus douce illusion pourrions-nous opposer
aux décevantes réalités de la vie ? Aussi croyons-nous
que la Poésie plaît à toutes les natures intelligentes et
généreuses, qui y trouvent un agrément profitable, et

qui, entre autres avantages, acquièrent bientôt par la lecture de bons modèles, une grande facilité à s'exprimer.

La Poésie n'est pas seulement un choix de mots harmonieusement combinés ; elle doit être nourrie de pensées ; et, soit qu'elle éclaire notre conduite par des avertissements salutaires, ou repose l'esprit par d'agréables peintures, soit qu'elle élève notre âme par de sérieuses considérations au-dessus des tristesses humaines, ou nous fasse aimer la vertu par des exemples qui excitent notre admiration, c'est par les idées qu'elle acquiert ce charme qui lui donne un succès durable.

On a reproché à la Poésie de notre temps de recouvrir souvent le vide du fonds sous ses riches couleurs. Nous avouons qu'après avoir lu, dans notre âge mûr, quelques grands poètes de l'antiquité et des siècles derniers, revenant ensuite à nos lectures d'autrefois, il nous a semblé que de jolis ouvrages qui avaient fait les délices de notre jeunesse, justifiaient le reproche qui leur était adressé.

Les disputes sur la préférence, en ce qui concerne les poètes, ont, de tout temps, été très-vives. De ceux que nous connaissons, à l'exception d'Homère, Virgile, Le Dante, Le Tasse, Shaskespeare, Milton, *et quelques autres, qui sont comme des dieux de la pensée, tous ont été l'objet de sévères appréciations et d'injustes agressions.* Lord Byron *ne voit en* Boileau *qu'un rimeur hargneux sans inspiration. L'un de nos plus grands poètes reproche à* La Fontaine *de propager dans ses fables une morale égoïste, sans entrailles, et ne cache pas son antipathie pour le conteur inimitable. Si les maîtres sont ainsi traités, que dira-t-on de cette pléiade d'esprits fins et délicats qui, par de moindres, mais incontestables mérites, pouvaient encore prétendre à l'estime publique ? Soyons justes : reconnaissons la supériorité des premiers, étudions leurs ouvrages avec un pieux respect, acclamons ces poètes immortels; mais ne refusons pas quelques éloges aux derniers.*

*En réclamant pour tous la part de gloire et de faveur qui leur est due, nous n'entendons point défendre ces publications de mauvais goût qui, loin d'honorer la poésie, la déconsidèrent. Nous laissons au bon sens du lecteur à faire justice de ces élucubrations, où l'auteur s'autorise de toutes les licences, sous prétexte d'affran-*

chir l'art d'une gêne inutile. Les règles de la poésie, comme celles de la grammaire, ont leurs raisons d'être. L'hémistiche, la mesure, la rime et ce croisement de rimes masculines et féminines donnent beaucoup d'harmonie aux vers. Quant au reste, elle n'exige que l'euphonie, la justesse des idées et la proportion en toutes choses. Ces règles, d'ailleurs, sont un frein à la fougue irréfléchie, et une sorte de pierre de touche à l'impuissance. Méfiez-vous de ces versificateurs qui se servent d'un mot impropre pour la commodité de la mesure ou de la rime, qui se permettent des négligences de langage, ou qui se contentent de mauvaises rimes. Toutes ces pauvretés présagent des défauts plus essentiels ; et bientôt l'exagération, la faiblesse et le ridicule vous feront fermer le livre.

Ne vous en rapportez pas toujours à la renommée, comme on fait le plus souvent. Formez-vous une opinion propre sur le livre que vous lisez : vous en deviendrez plus judicieux et la vérité y gagnera. Si vous alléguez que vous ne connaissez point les règles de la poésie, nous vous engageons à les apprendre. Elles sont d'une extrême simplicité : quelques jours vous suffiront, et vous augmenterez de beaucoup, pour toute la vie, le plaisir de vos lectures. Mais, même sans cela, vous pouvez apprécier la pensée et le goût de l'auteur. Si un ouvrage vous plaît à la seconde lecture, soyez sûr qu'il a du bon. Le plus grand succès que puisse obtenir celui qui parle ou qui écrit, c'est de plaire et de convaincre. Les règles n'ont d'autre objet que d'atteindre à ce but. En jugeant par vous-même, vous serez aussi plus impartial. Tel se montre d'une excessive sévérité pour un auteur inconnu, et applaudit avec une admiration aveugle aux choses les plus médiocres, pourvu qu'elles soient signées d'un nom célèbre (¹). La popularité est un talisman qui cache les fautes les plus manifestes. Comme cette assertion peut paraître hasardée, nous essayerons de la justifier, en examinant deux couplets de l'un des plus purs et des plus grands poètes de notre siècle, P.-J. de Béranger.

## MON AMIE.

### 1ᵉʳ COUPLET.

« C'est à table, quand je m'enivre
» De gaîté, de vin et d'amour,
» Qu'incertain du temps qui va suivre,
» J'aime à prévoir mon dernier jour. »

*Ces quatre vers sont très-gracieux et commencent heu-
reusement cette chanson.*

« Il semble alors que mon âme me quitte »

*A qui semble-t-il que son âme le quitte? Au poète.
Donc il faut : il me semble, faute grammaticale qui
devait disparaître à tout prix.*

« Adieu! lui dis-je, à ce banquet joyeux: »

*Ces mots: Adieu! lui dis-je, sont d'un style gêné.*

  « Ah! sans regrets, mon âme, partez vite;
  » En souriant, remontez dans les cieux. »

*Ce refrain est fort joli.*

### 6ᵉ COUPLET.

  « N'attendez plus; partez, mon âme,
  » Doux rayon de l'astre éternel! »

*Il n'y a rien de plus beau que ces deux vers.*

  « Mais passez des bras d'une femme,
  » Au sein d'un Dieu tout paternel. »

*Quoique, à un certain point de vue, cette image :*
Passez des bras d'une femme, *placée ailleurs, eût pu
être gracieuse, ici, à ce banquet joyeux où l'on s'enivre,
elle éveille une idée de lorette, et n'est pas en rapport
avec la beauté solennelle des deux vers précédents, et du
vers qui suit :*

« L'aï pétille à défaut d'eau bénite;

» De vrais amis viennent fermer mes yeux. »

*Vers faibles. Cette raillerie sans finesse et cette gaîté sans naturel manquent leur effet. On dirait que le poète qui était, il n'y a qu'un instant, dans les cieux, est maintenant dans un cabaret. Le lecteur éprouve cette transition désagréable.*

*Le troisième couplet laisse aussi beaucoup à désirer. Mais, c'est de* Béranger; *on admire tout sans examen.*

*Ce que nous venons de dire ne diminue rien de notre admiration pour cet illustre poète, et nous considérons bon nombre de ses chansons comme des poésies de la plus grande beauté. En montrant que les maîtres de la littérature ne sont pas exempts d'imperfections, nous n'avons voulu qu'appeler l'indulgence sur nous, qui nous estimerions très-heureux d'être reçu au nombre des derniers.*

*Si l'on nous demande à quel titre nous osons nous présenter devant le public, nous répondrons : qu'on veuille bien nous considérer comme un naufragé que le vent a poussé sur une terre étrangère, où il n'a ni amis, ni possession, ni domicile. Nous sollicitons comme lui* une hospitalité gratuite. Mais il pourrait encore avoir à offrir quelques coquillages ramassés sur sa route. Je veux faire aussi acte de bonne volonté en vous présentant deux papiers que je trouve dans ma poche : l'un est Mon Testament et l'autre Mes Conseils aux Jeunes Gens, qui sont tous les deux écrits en style de complainte. Cela ne sera peut-être pas de votre goût, mais j'offre ce que j'ai, et de peur que vous ne trouviez que cela soit trop peu de chose, j'y joins deux épîtres d'amour adressées à ma femme, deux modèles de prière, un petit poème sur l'art de fumer, et quelques autres bagatelles.

Je n'ai pas l'heureuse ardeur de l'école romantique qui a produit ces écrivains brillants, hardis et passionnés qui ont naguère surpris et charmé le public par l'imprévu et la nouveauté de leurs œuvres. Les miennes n'ont pas la même étrange et réelle beauté. Je n'ai pas non plus la pureté de l'école classique dont les ouvrages se recommandent par la justesse et la sobriété, et qu'on admire d'autant plus qu'en les étudiant davantage on en comprend mieux l'élégance et le génie. J'espère pourtant, vu la brièveté de mes essais, que vous pourrez lire ce recueil sans fatigue et sans ennui, et qu'il ne vous laissera pas un mauvais souvenir. Si vous y trouvez quelque bonne pensée, quelque conseil utile, et que vous fassiez à ce livre l'honneur de le placer dans un coin obscur de votre bibliothèque, j'estimerai avoir obtenu tout le succès auquel je pouvais prétendre.

# A SA MAJESTÉ

# L'EMPEREUR NAPOLÉON III.

Monarque du progrès, toi dont le nom réveille
Tant d'échos glorieux ! daigne prêter l'oreille
A l'aveugle inconnu ; car mes yeux sont voilés ;
Mais tes faits éclatants m'ont été révélés.
Je ne te dirai point d'inutiles paroles :
Tu fuis les vains propos et les hommes frivoles.
Veillant à nos destins, au sol qui nous nourrit,
Tes jeux sont les labeurs, les grands travaux d'esprit.
Dieu qui sur l'avenir étend sa prévoyance,
Avait fixé sur toi ses décrets en silence,
Pour opposer ton sceptre aux folles passions,
Que portent dans leur sein les révolutions.

Où sont donc les rêveurs et leurs promesses vaines?

Les hommes de parti, fomentateurs de haines,

Qui, parlant d'union, ne font que diviser?

Quel pouvoir admirable a su les maîtriser;

Et nous rendant bientôt l'industrie et la gloire,

Après cette conquête affranchit la mer Noire?

A peine de retour, à l'Autrichien vanté,

Jette le cri de guerre et rend la liberté

A la Reine déchue, à l'antique Italie,

Par un peuple héroïque autrefois ennoblie?

Sa flotte va dicter à l'Empire chinois,

Un traité de commerce et d'équitables lois.

Dans les glaces du Pôle, éclairant la science,

Il fait briller partout l'étoile de la France.

Mais pendant qu'au dehors il brave les hasards,

Il protége, au dedans, le travail et les arts.

Sa capitale est bien la ruche travailleuse:

Paris devient, sous lui, la cité merveilleuse.

Il a fait, en dix ans, plus qu'aucun roi n'a fait.

Actif et paternel, à tout il satisfait.

Il donne aux artisans des cités confortables

Qu'il fit bâtir pour eux: Asiles respectables,

Où l'esprit de famille augmente les douceurs

D'un bien-être inconnu qui corrige les mœurs.

Il adoucit leur sort jusque dans les provinces.

Mais il se montre en tout le plus sage des princes.

De droits prohibitifs les peuples sont imbus :

Le Monarque éclairé supprime ces abus.

Il sait que la routine, en creusant les ornières,

Appauvrit un empire. Il ouvre les barrières.

Est-ce tout ? Non. Des traités et des lois ;

Vingt glorieux travaux, tu fais tout à la fois.

L'administration, les villes, la campagne

Ont une activité digne de Charlemagne.

Par la prospérité, tu veux payer l'État

Qui t'a donné l'Empire. Habile Potentat,

De la confusion retirant l'harmonie,

Tu suis silencieux le chemin du génie,

Voyant tout et faisant chaque chose à son temps.

Monarque, je te sais ménager des instants.

Je n'ai donc point parlé de ces foudres de guerre,

Par toi-même inventés, plus craints que le tonnerre.

Je ne t'ai point montré le héros sans égal,

Le vaillant Empereur et le grand général.

Mais j'abrége, et ne fais qu'effleurer ton histoire.

Le monde qui t'a vu, la garde en sa mémoire;

Et la France, à ton nom rattachant sa grandeur,

A jugé tes efforts et connaît bien ton cœur.

Puisse la Providence, en t'accordant deux âges,

Protéger tes desseins! multiplier les gages,

Objets de tant d'amour, qui sont dans ta maison;

Inspirer ta sagesse et ta haute raison

Au Prince aimé du Ciel, astre doux et propice,

Beau comme le bonheur: et notre Impératrice!

La fleur de ton palais, l'aimable Majesté,

Dont les traits seront chers à ta postérité.

C'est ainsi que marquant tout ce qui t'environne,

Dieu, qui voulait doubler l'éclat de ta couronne,

De ton épouse encore illustrant les attraits,

Fait la médiatrice et l'amour des Français.

La Charité connaît son auguste influence;

Et par l'Impératrice, ange de bienfaisance,

Des milliers d'indigents, tirés de l'abandon,

Sont heureux désormais, et bénissent ton nom.

Quelque jour, puisses-tu, pour suprême conquête,

Les cheveux blancs ornant ta glorieuse tête,

Couverts d'ans, de respects et de félicité,

Voir tout ton peuple heureux dans ta prospérité!

C'est le vœu qu'a formé ton âme généreuse.

Poursuis, grand Empereur, ta tâche courageuse;

Et qu'un Dieu favorable, exauçant tes souhaits,

Jusque sur les petits, répande ses bienfaits.

Alors le front serein, contemplant tes ouvrages,

Eclairant les conseils et dirigeant les sages,

Remerciant le Ciel, pour des destins si beaux;

Et fier de voir ton Prince imiter tes travaux;

Tu l'encourageras, et tu voudras l'instruire

Dans cet art peu commun, de gouverner l'Empire.


Février 1860.

# VIERGE DU CIEL.

Reviens, reviens, jeune beauté,
Reviens, aimable prophétèsse :
Viens rendre à mon cœur agité
Le charme heureux de ma jeunesse.
J'avais quinze ans lorsqu'un matin,
Je vis paraître avant l'aurore,
Ton vêtement tissu de lin,
Frais comme un lis qui vient d'éclore.


Ta bouche au brillant vermillon,
Parfois me découvrait l'ivoire;

Et tes ailes de papillon,
Chassaient la nuit tranquille et noire.
Bientôt parut le jour d'azur :
Je vis la pudeur virginale,
Éclairant ton front chaste et pur,
Briller dans l'aube matinale.

Alors tu descendis des airs :
Ta longue robe était flottante ;
Pour ceinture, deux rameaux verts
Ornaient sa blancheur éclatante.
Tes yeux, pleins de célestes feux,
De l'avenir perçaient les voiles.
Sur tes bandeaux de noirs cheveux,
Brillait ta couronne d'étoiles.

Et tu m'as dit : « Crois au bonheur.
» La vie a des jours de tristesse ;
» Mais les vierges ont la candeur,
» Et le bonheur, c'est la tendresse.
» Savoure ce souffle éthéré,
» Doux secret de la sensitive,

» Comme un voyageur altéré
» Boit aux eaux d'une source vive. »

En me quittant tu dis encore :
« Tu verras bien des jours paisibles.
» Je répandrai mes rayons d'or
» Sur les sentiers longs et pénibles. »
Vers moi tu t'avanças soudain :
Je tremblai, mes genoux fléchirent ;
Sur mon front tu posas ta main :
D'amour tous mes sens tressaillirent.

Alors, remontant dans les cieux,
Tu t'environnas d'un nuage.
J'avais vu l'amour dans tes yeux,
Et j'adorais ta pure image.
Oh ! depuis, les printemps m'ont fui ;
Mets un terme à ta longue absence :
Il est encor temps aujourd'hui,
Demain, je perdrai l'espérance.

Jeune homme, ainsi mon avenir
Passait en riant dans mes songes.

Les fleurs, le ciel et le zéphyr

M'ont fait croire à ces doux mensonges.

Mais l'illusion caressante

Qui me berçait dans les beaux jours,

M'a montré son aile inconstante,

Et s'envole avec les amours.

# LES ANGES.

Anges du ciel, aux blanches ailes,
Aux cheveux d'or longs et bouclés;
Séraphins, Archanges fidèles,
Habitants des lieux étoilés.
Votre bonheur est un mystère,
Que Dieu cache à nos yeux jaloux;
Mais moi, pauvre enfant de la terre,
Souvent, souvent, je pense à vous.


Vous avez au ciel des bocages,
Des gazons verts toujours en fleurs;

Vous remplissez, sous les ombrages,
Vos jours d'ineffables douceurs.
Et quand vos bouches enfantines,
En chantant, parfument les airs,
Dieu, qui vous voit sur les collines,
Sourit toujours à vos concerts.

Heureux et purs, il vous fit naître,
Aux fronts pleins de sérénité ;
Il voulut, en vous donnant l'être,
Vous donner la félicité.
Créés d'une divine essence,
Avez-vous chacun vos amours ?
Confondez-vous votre substance ?
Aimez-vous, au ciel, pour toujours ?

De votre chair blanche et rosée,
Quel est l'aliment précieux ?
Est-ce l'éther, ou la rosée
Et la manne pure des cieux ?
Corps visibles, mais diaphanes,
Le doux sommeil vient-il parfois,

Reposer vos sens, vos organes?
Quels sont vos plaisirs et vos lois?


Sans doute, au ciel, Dieu qui vous aime,
Vous donna la variété;
Et vous, par un amour suprême,
Vous payez sa gratuité.
Tous les instants vous sont propices,
Souriez toujours au printemps;
Goûtez dans ce ciel de délices,
Tous les bonheurs dans tous les temps.


Dites-moi, lorsque Dieu rappelle
Un être au cœur pieux et doux,
Après l'humanité mortelle,
Vit-il dans le ciel avec vous?
Près du Dieu que la terre adore,
Pleine d'espérance et d'effroi;
De nous se souvient-il encore?
Anges du ciel, répondez-moi. (*)

# A BÉRANGER.

—◇—

O Béranger ! c'est la lyre d'Orphée
Qui, sous tes doigts, rend des accents si doux.
Ta voix magique est celle de la fée
Qui te berçait jadis sur ses genoux.
Ses gais refrains, sur ta noble indigence,
Ont répandu leur souffle inspirateur.
O Béranger ! la Fée et l'Espérance
Ont couronné ton luth consolateur.

De ce séjour, quand ton âme s'exile,
Quand tu nous peins les désastres du temps ;

Pour y rêver, j'abandonne la ville,
Et la sagesse occupe mes instants.
Bientôt, charmé par ta douce harmonie,
Je sens l'amour, l'ivresse, le bonheur.
O Béranger ! les Muses du génie
Ont couronné ton luth consolateur.

Tes chants joyeux, dans ses jours de victoire,
Osaient braver un géant redouté ;
Mais, dans sa chûte, il invoqua sa gloire :
Son nom fameux par toi fut répété.
De son exil, où régnait la souffrance,
Ta muse alors adoucit la rigueur.
O Béranger ! les enfants de la France
Ont couronné ton luth consolateur.

Les étrangers, débordant la frontière,
Foulaient aux pieds nos champs abandonnés ;
Nos bataillons gisaient dans la poussière,
Sur nos drapeaux sanglants et profanés.
Mais tu chantais, et ta lyre attendrie,
De ton pays dissipa la stupeur.

O Béranger ! les dieux de la patrie
Ont couronné ton luth consolateur.

Les suzerains de nos châteaux gothiques,
Cherchaient encore à dîmer nos moissons ;
L'hypocrisie étalait ses reliques :
Tu leur appris le pouvoir des chansons.
Le peuple alors sut repousser l'outrage,
Et la raison osa fronder l'erreur.
O Béranger ! les peuples, d'âge en âge,
Couronneront ton luth consolateur.

# HYMNE.

Créateur des commencements,
Toi dont la divine pensée
Donna la vie aux éléments,
Et régla leur fougue insensée !
Veille encore sur les humains,
Et, quand l'impiété t'oublie,
Sème toujours à pleines mains,
Tes dons sur la terre embellie.

Tes ouvrages sont les bienfaits,
De ta sagesse et ta puissance;

Je vois dans tout ce que tu fais
L'amour et la magnificence.
De l'immense plaine des airs,
Tu creusas les voûtes profondes.
Tes soins embrassent l'univers;
Ton trône est au-dessus des mondes.

Tu souffles les vents vagabonds;
Ta gloire apparaît dans la foudre.
C'est toi qui rends les champs féconds;
C'est toi qui réduis tout en poudre.
Le ciel aux brillantes couleurs,
Le faible oiseau dans le feuillage,
Le suave incarnat des fleurs :
Tout est sublime en ton ouvrage.

Qui répandit sur nos côteaux,
Les vins, les bois et la verdure;
Antiques dons toujours nouveaux,
Voile enchanté de la nature?
C'est toi qui voulais au bonheur
Enchaîner l'homme. Il fit le crime.

Tu restes son consolateur,
Quand il fuit l'ange de l'abime.

Tu dédommages la vertu
Des tourments d'un monde fragile;
Et, quand le juste est abattu,
Dans tes bras il trouve un asile.
Le méchant prospère un moment;
Mais tu maudis son sacrifice:
Quand vient l'heure du jugement,
Tu fais triompher la justice.

# CH. FOURRIER.

Vieux ouvriers, travailleurs de routine,
Nous bâtissons sur des plans erronés ;
Nous ajoutons, sans prévoir leur ruine,
Mille appentis à des murs condamnés.
L'œuvre s'achève aux bravos de la foule ;
Mais les destins n'en furent pas compris :
L'orage vient, l'édifice s'écroule,
Et le torrent disperse les débris.

Tout est chaos : croyances ténébreuses,
Sciences, lois, intérêts, passions.

N'est-il donc pas d'étoiles lumineuses,
Pour éclairer la route aux nations?
Vaisseau perdu que la tempête escorte,
L'humanité doit donc toujours errer ?
Va-t-elle au but, un tourbillon l'emporte,
Et l'ouragan mugit pour l'égarer.


Non, Dieu toujours équitable et propice,
N'a pas semé les vertiges sur nous.
Sa main n'a pas creusé le précipice
Où s'engloutit l'espérance à genoux.
Dieu créateur! non, ta bonté céleste
N'a pas voulu tous les maux des humains :
C'est l'homme seul, en son erreur funeste,
Qui du bonheur ferme tous les chemins.


Pour l'avenir que le sage redoute,
On fait des vœux, on propose des lois;
Mais nul encor n'a dépassé le doute :
La vérité fuit ce globe aux abois.
Fourrier parait. Sa science féconde
Promet la vie aux peuples expirants :

Il a trouvé l'équilibre du monde,
Et le plaisir convertit les tyrans.


Docte légiste, ingénieux prophète,
A l'univers montre tes ailes d'or;
Instruis la terre: achève ta conquête;
Et vers l'Eden excite notre essor.
Plus de soucis, de poignantes misères:
L'amour partout réjouira nos yeux;
Tous les humains seront comme des frères,
Que le festin rend égaux et joyeux.


Douce utopie, où renaît l'espérance,
Rêve d'azur que Bernardin aimait;
Fais succéder à des jours de souffrance,
Les jours heureux que ton règne promet.
La nuit obscure a de sombres images:
Des feux errants, des hiboux, des terreurs;
Mais le soleil chasse les noirs présages,
Et ses rayons font éclore les fleurs.

# NAPOLÉON.

Vous connaissez son nom, ce nom qui dans l'Europe,
Retentit tant de fois, puissant et glorieux;
Le nom de ce soldat que la tombe enveloppe,
    Encor terrible et radieux.

Il sortit triomphant des discordes publiques;
Eleva des palais et creusa des canaux;
Disposa du destin des rois, des républiques;
    Fit des sujets de ses rivaux.

Mais le sommeil fuyait de sa vive paupière,
Et devant lui jamais ni repos, ni plaisir;

Car l'éclair de ses yeux allumait sa lumière
    Dans l'âme qu'il allait saisir.


Le jour, il s'agitait comme un torrent sauvage,
Effrayant dans son cours toutes les nations ;
La nuit, il méditait pour calmer chaque orage
    Que suscitaient les factions.


Un peuple de soldats admirant son génie,
Choisit pour Empereur ce Dieu qu'il adorait ;
Quelquefois fatigué d'une guerre infinie,
    Le grand Monarque soupirait.


Mais de ses régiments le spectacle magique,
Electrisait son âme, excitait son ardeur ;
Et ses guerriers charmés à sa voix prophétique,
    Acclamaient l'illustre Empereur.


Bientôt dans un combat lui restait la victoire ;
Et les Français séduits en voyant leur drapeau
Porter si loin leur nom, refléter tant de gloire,
    Étaient fiers d'un titre si beau.

Souvent il franchissait ses états tributaires ,

Et venait voir sa France et sa brillante cour.

Que de fêtes alors, d'extases populaires ,

      L'accueillaient par des cris d'amour !


Mais le géant succombe après mille batailles :

Il n'en restera rien, pas même un souvenir.

L'Océan verra seul ses tristes funérailles ;

      Les révolutions vont finir.


Il n'en restera rien !... brisez donc la colonne ;

Effacez donc sa gloire en mille lieux divers ;

Dévastez ces travaux dont la grandeur étonne,

      Et qui remplissent l'univers !


Et de nouveaux venus mutilaient son image,

Contestant ses hauts faits , et niant qu'il fût roi.

Eux que, s'il eût paru pour venger cet outrage,

      Son regard eût tués d'effroi.


Son règne était passé : Trop de grandeur humaine

A quelque Dieu toujours implacable et jaloux ;

Le souverain captif est mort à Sainte-Hélène,
Grand et malheureux entre tous.

L'Océan nous gardait son humble sépulture,
Sur un rocher battu des vents impétueux;
Et semblait l'honorer par le triste murmure
De son reflux majestueux.

Après tant de travaux, de gloire et de souffrance,
Le vaillant Empereur a trouvé le repos.
Son sépulcre élevé dans le cœur de la France,
Console les neveux et l'ombre du héros.

## ANGE EXILÉ DU PARADIS.

J'ai lu que Dieu, ce Roi suprême,
Entouré d'un peuple si doux,
Punit les beaux anges qu'il aime,
Et les exile parmi nous.
Si, près de vous chacun soupire,
Si tous les cœurs sont interdits,
Je vois d'où vous vient cet empire,
Ange exilé du paradis.


Oui, le ciel est votre patrie,
Vous habitiez ces champs d'azur;

Longtemps vous y fûtes nourrie,
D'un vin céleste et d'un miel pur.
En vous voyant sur leur passage,
Les séraphins étaient ravis;
Et tous voulaient vous rendre hommage,
Ange exilé du paradis.

Au ciel, quelle fut votre offense?
Hélas ! vous aimiez trop les fleurs.
Pour eux, de votre indifférence,
Les anges répandaient des pleurs.
La loi d'amour est éternelle;
Tous les êtres y sont soumis;
Et vous seule y restiez rebelle,
Ange exilé du paradis.

Pourtant, les grâces, l'amour même,
Ont leur séjour dans vos yeux bleus.
Ils ont orné d'un diadème
Les boucles de vos blonds cheveux.
Et soumise à leur souveraine,
Les sujets par vous asservis,

Baisent la main qui les enchaîne,
Ange exilé du paradis.

Tous les charmes de la jeunesse ,
Sont réunis dans vos attraits ;
Un peuple autour de vous s'empresse ,
Heureux de contempler vos traits.
Quand vous quittez votre ermitage ,
Nous cherchons les sentiers chéris
Qui nous rappellent votre image ,
Ange exilé du paradis.

# BILLET D'ADIEU.

Vous quittez vos dieux domestiques ;
Vous allez habiter Paris.
Après vous, pour ces lieux rustiques,
Adieu l'élégance et les ris ;
Et les sylphides vos compagnes,
Verseront des pleurs superflus.
L'ennui couvrira ces campagnes,
Où bientôt vous ne serez plus.

A Rosenval, heureux village,
On voit les grâces maintenant ;

Et l'amour dans le voisinage,
Fait votre éloge à tout venant.
Certains sylphes, à votre couche,
Veillent pour protéger vos jours ;
D'autres peignent sur votre bouche
Les roses qu'on y voit toujours.


Si quelquefois, quand vient l'aurore,
Vous ouvrez vos grands yeux si doux ;
Zéphire alors vous prend pour Flore,
Et vous appelle au rendez-vous.
Il admire les fleurs nouvelles
Qui croissent dans votre jardin ;
Mais vous trouve plus fraîche qu'elles,
Quand vous paraissez le matin.


Bientôt d'adorateurs sans nombre,
Vos autels recevront les vœux ;
Et moi qui me cache dans l'ombre,
J'y porterai l'encens comme eux.

Quand tous chercheront à vous plaire,

Moi seul n'aurai pas cet orgueil.

Je prie à votre sanctuaire,

Sans jamais en franchir le seuil.

# ADMIRATION.

O merveille d'amour ! O miracle des grâces !

Chaque jour donne un charme à ses attraits vainqueurs ;

Et, quand nulle beauté n'évite les disgrâces,

Le temps, si rigoureux, pour elle a des faveurs.

O suave jeunesse ! O regard bleu limpide !

Mon cœur, en y pensant, tressaille tout joyeux :

C'est qu'à la voir passer dans son coupé rapide,

Je l'ai prise aujourd'hui pour la fille des dieux.

Tu la prendrais, Amour, à son port de déesse,

Pour le portrait vivant des célestes beautés

Que les humains, jadis, adoraient dans la Grèce,

Le pays des héros et des divinités.

# MESSAGE.

Partez, tendres hommages, et prompts comme le vent,
Allez vous prosterner aux pieds de la déesse
Que, dans mes jours d'ennui, je vois passer souvent,
Dans un ciel éloigné d'amour et d'allégresse.
Chantre aimable et joyeux de l'antique Théos,
Pour Louise apprends-moi les secrets de la lyre,
Et comment la beauté paye au Dieu de Délos
Le prix d'un chant divin, par un divin sourire.

# ON PENSE A VOUS.

Voici la saison des amours,
Et les oiseaux au gai ramage
Chantent leur bonheur tous les jours.
Comme eux, caché sous le feuillage,
Je viens vous dire, ange aux yeux doux :
Que, dans cette scène animée,
Où manque une fleur bien aimée,
On pense à vous.

# SUR UN ÉVANGILE.

Livre saint, par le temps et par Dieu consacré,
Voile ouvert à demi des célestes mystères ;
Sous tes replis divins, je vois le nom sacré
De ce Dieu qui, jadis, a visité nos pères.
Rocher resplendissant où la vérité luit,
Eclairant notre marche à travers les abîmes ;
Heureux l'homme éprouvé qui par toi se conduit,
Et nourrit en son cœur tes oracles sublimes.

# LE PHILOSOPHE ITALIQUE.

Je demandais à la science
Où va notre âme après la mort ?
Et je cherchais en conscience,
Si c'est dans l'abîme ou le port.
Mais le doute, aux lueurs funèbres,
Me montrait toujours le néant :
Car Dieu recouvre de ténèbres
L'esprit de l'homme, en le créant.

En contemplant, dans les nuits sombres,
Ces astres qui semblaient errer,

Dont le nombre passe les nombres
Que l'homme peut énumérer :
Je disais : Créature abjecte,
Que suis-je dans l'éternité ?
L'homme, ici-bas, n'est qu'un insecte,
Perdu dans cette immensité.

L'ordre à tout cependant préside,
Et règle tout également :
Fleurs, métal, étoile ou fluide,
Plaine terrestre ou firmament.
Les monstres, dans les eaux salées;
Les oiseaux, habitans des bois;
Les cavales, dans les vallées;
Dans le tout, chacun suit ses lois.

Lorsque notre chair corruptible,
Sur la terre a fini son temps;
La mort vient, mystère indicible,
Qui vous sépare des vivans.
L'âme, qui survit, se transforme,
Revêt un corps jeune et vermeil;

Et vit ainsi, changeant de forme,
Aussi longtemps que le soleil.


Sages et rois du monde antique,
Egyptiens, Persans, Hindous,
Héros de Carthage et d'Utique,
Vous êtes vivans parmi nous!
En vain surpris dans les batailles,
Vos peuples sont exterminés :
Vous renaissez aux funérailles,
A d'autres jours prédestinés.


Platon, Socrate, Pythagore,
Maîtres fameux, divins esprits;
C'est la raison qui fit éclore
Le feu sacré de vos écrits.
On nous cite encor vos exemples,
Et le temps qui poursuit son cours,
Change les dieux, détruit les temples,
Mais vos leçons vivent toujours.

## ÉPILOGUE.

Ainsi parlait un sage d'Italie,
Fameux alors, maintenant oublié.
Rêveur sublime, il prêchait sa folie,
Quand l'Evangile, en ce temps publié,
Livre divin, d'une vertu féconde,
Plein de douceur et plein de charité,
En épurant les croyances du monde,
Devait bientôt régir l'humanité.

# FRAGMENT.

Parfois, peut-être, une comète,
Qui vient des profondeurs des cieux,
S'approche de notre planète,
Et nous emporte radieux
Sur quelque étoile secourable,
Oasis de l'immensité,
Où, d'un bonheur inaltérable,
Nous goûtons la félicité.

# LA PROVIDENCE.

Qui peut méconnaître tes soins,
Ame du monde, ô Providence !
Pour subvenir à nos besoins,
Tu vis parmi nous en silence.
Comme une mère à ses enfants,
Pensive en sa demeure obscure,
File le lin des vêtements,
Et pourvoit à leur nourriture.

Le malheureux que tu soutiens,
Connaît ta grandeur infinie;

Le puissant comblé de tes biens,
Souvent, dans son cœur te renie.
Il s'estime, dans son orgueil,
L'artisan de ce que tu donnes;
Mais sa maison s'emplit de deuil,
Lorsqu'en pleurant, tu l'abandonnes.

En infligeant tes châtiments,
Tu prends en pitié les victimes;
Car ce sont des enseignements,
Pour nous préserver des abîmes.
Nous ne voyons que peu d'instants,
Dans cet univers périssable;
Ton œuvre, embrassant tous les temps,
Pour l'homme est incommensurable.

Quand le vent du sort en courroux,
Vient souffler sur mon toit paisible;
Je te crois encore avec nous,
Bonne toujours, mais invisible.
Après les jours désespérés,
Tu peux rendre le temps prospère,

Tu sais des chemins ignorés
Pour visiter notre misère.

Le temps, dans son cours éternel,
Détruisant tout, roule son onde;
Tu survis, Esprit paternel
De celui qui créa le monde.
La mort même accomplit tes lois
Dans un mystère impénétrable;
Aux maux sans espoir que tu vois,
Sa main ouvre un port secourable.

# CONSOLATIONS.

—◁◇▷—

Vous que j'exalte en mes louanges,
Dans l'ombre où mes jours sont plongés;
Chantez les cantiques des anges,
Priez Dieu pour les affligés.
Car mon cœur saigne, et sa blessure
Demande un baume à la pitié;
Ma bouche alors, vers vous murmure,
Un chant d'ineffable amitié.


Je suis l'arbre vert dans sa sève,
Déraciné par le torrent;

Un vent fatal ainsi m'enlève
Aux jeux d'un monde indifférent.
Mais vous parlez, don de la femme,
Et par vous je suis consolé;
Vous rendez la paix à mon âme,
L'espoir à mon cœur désolé.

Ainsi conduit par Béatrice,
Dans le royaume ténébreux;
Le Dante éprouvait le supplice
De tous les pécheurs malheureux.
Mais quand, dans un sombre passage,
L'ange heureux qui le conduisait
Montrait son calme et doux visage,
Son âme au bonheur renaissait.

# LA JEUNE FILLE.

Un doux tressaillement parcourut tout mon être
Quand je la vis, enfant, pour la première fois.
Ce fut tout mon destin : l'amour venait de naître,
Mais je ne croyais pas qu'elle eût fixé son choix
Sur un pauvre jeune homme, à qui toute espérance
Ne montrait que l'aspect d'un obscur avenir.
Discret et résigné, je l'aimais en silence,
Gardant toujours en moi son riant souvenir.
Quand je la rencontrais, pendant la matinée,
J'étais rêveur alors, et charmé tour à tour;

Sa gracieuse image occupait ma journée,

Je ne voyais plus qu'elle, et ne songeais qu'amour.

Je voyais ses grands yeux pleins de vive lumière,

Dans leur sérénité, plus doux et plus brillants

Que les riches joyaux dont une reine est fière,

Et qui jettent partout leurs feux étincelants.

Après elle, en passant, la belle jeune fille,

Laissait comme un parfum de fleurs et de houri;

Chaste et suave enfant! à la voir si gentille,

Tout jeune homme eût voulu devenir son mari.

Aussi quand elle allait, joyeuse, dans les fêtes,

Plus d'un danseur jaloux se disputait sa main,

Et pour donner raison à toutes ses conquêtes,

Il eût fallu danser jusques au lendemain.

Ceux qui la connaissaient dans sa beauté splendide,

Savent si Greuze eût pu donner à ses portraits

Un plus charmant visage, un regard plus candide,

Et des tons embellis d'un incarnat plus frais.

Si sa bouche, où brillaient la santé, la jeunesse,

N'était pas comme un fruit vermeil et velouté,

Surpassant la cerise et la rose où s'empresse

Le papillon léger qui voltige en été.

Tous les feux que l'amour allume dans une âme,

Autrefois, à sa vue, ont embrasé mes sens;

Eh bien! cette beauté, ce trésor, c'est ma femme,

Et je l'aime aujourd'hui, comme il y a vingt ans.

Tout charme, au prix du sien, n'est qu'une fantaisie,

Sa voix a des échos qui pénètrent mon cœur;

Et j'espère, avec elle, au delà de la vie,

Vivre du même amour et du même bonheur.

Des peines d'ici-bas, goûtant la délivrance,

J'espère encor la voir assise à mes côtés;

Epanchant en bienfaits sa paisible influence,

Comme elle fait déjà dans mes infirmités.

# A MA FEMME,

## QUI VOYAGE POUR MES AFFAIRES.

Au vieux toit où la Providence.,
Abrite tes enfants chéris;
Tu rêves, pendant ton absence,
Bien souvent, ma douce brebis.
Pour eux, ton âme est alarmée,
Tu voudrais les baiser toujours;
Je le sais, ô ma bien-aimée !
Tes beaux enfants sont tes amours.

Pauvre colombe à l'âme austère,
Que d'épreuves à soutenir !
Tu voudrais, dans ton cœur de mère,
Leur faire un plus doux avenir.
Mais si le nid, dans la ramée,
Trouve le mil aux alentours,
Pourquoi crains-tu, ma bien aimée ?
Dieu veille aussi sur tes amours.

Tu sais qu'après chaque voyage,
Quand tu reviens à la maison,
On se dispute ton visage,
Et les baisers vont à foison.
Oui, nous baisons, l'âme charmée,
Tes cheveux blancs, chastes atours.
Reviens donc, ô ma bien aimée !
Reviens auprès de tes amours.

# A UNE JEUNE MUSICIENNE,

## CORINNE.

Je sais d'où vous venez , ô fille de la Grèce !
Sur l'Hymète, autrefois, foulé par vos pieds nus,
Vous chantiez la vertu, la gloire et la sagesse,
Eveillant des accents jusqu'alors inconnus.
Vos yeux resplendissants d'un sublime délire ,
En extase, à vos pieds, les sages éblouis,
Et vos deux blanches mains arpégeant sur la lyre,
Tout révélait en vous des attraits inouis.

Alcibiade en pleurs, admirant en silence ;

Et Socrate attentif assis à vos côtés,

Des héros, des rois même, amants de l'éloquence,

Vous écoutaient chanter, émus et transportés.

Charme heureux et divin qu'enfante l'harmonie !

Que ce soit la musique, ou les discours savants,

C'est l'esprit inspiré, c'est toujours le génie ;

Corinne, son tribut est la gloire et l'encens.


Alors, ce peuple ardent que l'histoire contemple,

Inscrivait votre nom parmi les immortels ;

Donnait l'or en lingots pour vous bâtir un temple,

Et l'encens aussitôt brûlait sur vos autels,

Au fronton, on lisait ces mots : Temple à Corinne.

Les parvis de ce temple aujourd'hui sont déserts ;

La Grèce, hélas ! n'est plus qu'une noble ruine;

Mais vous êtes toujours la muse des concerts.


Chacun autour de vous, s'empresse à vous entendre ;

Un progrès suit toujours vos savantes leçons;

Chaque mot enrichit celle qui veut apprendre,

Et vous, bonne toujours, vous prodiguez ces dons,

Semblable au beau danseur, courtisan magnifique,

Que les nobles suivaient comme des mendiants,
Ramassant ses bijoux, lorsque, de sa tunique,
Il secouait rubis, perles et diamants.

Muse des doux accords, généreuse à l'extrême
Tant qu'on ne sait choisir de l'esprit ou du cœur;
Montrez-vous indulgente au vieillard qui vous aime;
Flattez son amitié: cela porte bonheur.
J'aurais dû peindre aussi votre aimable sourire,
Votre petite main, vos traits fins et charmants:
Sujets délicieux. Mais je dois vous le dire:
Ce sont choses d'amour, et moi j'ai cinquante ans.

# CORINNE.

Au milieu des jeux et des fêtes,
Les cœurs suivent vos pas joyeux;
Tel, au milieu des fleurs coquettes,
Un beau lis captive les yeux.
Orné de sa blancheur divine,
Il charme nos regards surpris.
Ainsi de vos attraits, Corinne,
Les yeux et les cœurs sont épris.


Mais, vous croyez ces dons frivoles,
Si l'âme n'y joint son éclat;

Vous nous charmez par des paroles
De l'esprit le plus délicat.
Et le cœur le plus indocile,
S'envole vers vous tout entier,
Quand, nouvelle Sainte-Cécile,
Vos doigts font parler le clavier.

Quand vous chantez, bonheur étrange!
Je rêve aux choses d'autrefois.
Chantez, chantez, gentil archange,
J'aime vos chants et votre voix.
Je me résigne au vent contraire
Que le Ciel souffle en son courroux;
Et joyeux, je bénis la terre,
Où je trouve un objet si doux.

# LA COUPE.

Sylphes légers, gais enfants du bonheur,
Qui fréquentez les riantes prairies,
Et qui dormez au milieu d'une fleur,
Sur les muguets ou les roses fleuries.
Peuple charmant, qu'un rayon de soleil,
Porte dans l'air, avec l'amour en croupe,
Vous qui parez Corinne à son réveil,
Savez-vous bien que j'ai bu dans sa coupe ?

C'est elle aussi qui fut mon échanson,
Tous les oiseaux venaient à sa fenêtre ;

Et chacun d'eux gazouillait sa chanson,
Ravi d'amour en la voyant paraître.
Vin du Berri, par sa main présenté,
Des blonds amours vous me montrez le groupe.
Chantez, oiseaux, je bois à la beauté,
Mon cœur triomphe, et je bois dans sa coupe.

Jolis amours, ne soyez pas jaloux
De la faveur que m'a fait cette belle.
Les tendres soins, les regards les plus doux,
Ne sont pour moi qu'une épreuve nouvelle.
Le temps, hélas ! m'a fait plus d'un affront :
Je ne vois plus votre joyeuse troupe.
Du myrte heureux, je n'orne plus mon front,
C'est tout pour moi d'avoir bu dans sa coupe.

# C'EST L'AMITIÉ.

**A une Dame avec ses Enfants en vacances dans sa famille.**

Quand les cieux sont noirs et funèbres,
Quand l'automne répand des pleurs,
Quand l'hiver aux longues ténèbres,
Sème la neige et les douleurs ;
Dans ce grand deuil de la nature :
Ces pleurs, ces soupirs de pitié,
Ecoutez un chant, doux murmure ;
   C'est l'amitié.

Nourris dans le pays du songe,
De vanité, d'ombre et de bruit ;

Notre esprit poursuit le mensonge,
Malgré la mort qui nous instruit.
Chaque espérance attend son heure ,
Et toujours l'espoir est châtié.
Mais s'il est un bien qui demeure,
     C'est l'amitié.


L'aimable mère de famille
Prend ses vacances loin de nous.
Ses beaux garçous, sa belle fille,
Sont sa parure et ses bijoux.
Chacun l'aime, chacun l'admire
L'époux adore sa moitié ;
Et le sentiment qu'elle inspire,
     C'est l'amitié.


Enfants, couronnez le bon père
Que les ans n'ont point abattu,
Patriarche au cœur débonnaire,
Qui vous fait aimer la vertu.
Et pour consoler ce grand âge,
A tous vos plaisirs convié;

Songez que le bonheur du sage,
    C'est l'amitié.


Heureux père ! heureuse famille !
Nobles enfants que Dieu bénit !
Qui des maux communs à la ville,
Portez le faix le plus petit.
Le fin lin sur votre quenouille,
Le bras sur un autre appuyé ;
Vous bravez le temps et la rouille,
    C'est l'amitié.


Bientôt une amitié nouvelle
Viendra réjouir notre cœur ;
Je prédis une jouvencelle :
Mais s'il venait un grand docteur...
Attendons pour plus de prudence,
Que cela soit bien vérifié ;
Ce que je prédis à l'avance,
    C'est l'amitié.

## CONSEILS AUX JEUNES GENS.

Venez, j'enseigne la sagesse ;
Venez m'écouter, jeunes gens ;
J'instruis les hommes sans rudesse,
Et je les rends intelligens.
Je montre la route trompeuse
Où vous vous égarez parfois ;
Et je donne une âme joyeuse
A tous ceux que guide ma voix.


Aimez l'état que Dieu vous donne,
Soyez constants et courageux ;

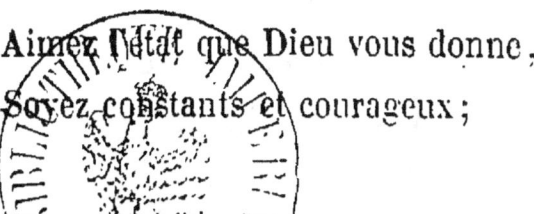

4

Car la Providence abandonne
L'homme changeant et paresseux.
Délassez-vous à quelque étude,
Honorez toujours le savoir;
Et prenez la douce habitude
De la retraite et du devoir.

De vos mœurs simples et discrètes,
Ecartez les honteux loisirs;
Le jeu, les amours déshonnètes,
Et tous les énervans plaisirs.
Un cœur vigilant se défie
Du levain des mauvais penchans;
Cherchez l'air pur qui vivifie:
Les grèves, les bois et les champs.

Fuyez, enfants, veuillez m'en croire,
La dangereuse volupté,
Les veilles et l'excès à boire,
Qui détruisent votre santé
Et font une courte carrière;
Car ces vices abrutissants

Vous conduisent au cimetière,
Avec des regards caressants.

Choisissez, quand vous aurez l'âge,
Une compagne à votre cœur;
Et goûtez dans le mariage
Des jours de paix et de bonheur.
Le soir, près du feu qui pétille,
De beaux enfants sur vos genoux,
Vous ne verrez dans la famille,
Qu'amour et joie autour de vous.

Réglez prudemment la dépense
Sur vos gains et vos revenus :
L'épargne éloigne l'indigence,
Et les ans sont bientôt venus
Où les ennuis et la détresse
Menacent l'homme en son déclin,
S'il n'a prévu dans sa jeunesse,
Ses jours d'impuissance et sa fin.

Ne cherchez dans la nourriture
Que les salubres aliments;

Bannissez la vaine parure
De vos modestes vêtements.
Fidèle époux, plein de tendresse,
Que votre loi soit la raison.
Gardez des fruits pour la vieillesse
Du produit de chaque saison.


Donnez à la veuve craintive
L'appui de vos soins généreux ;
Asseyez le pauvre convive
Quelquefois avec les heureux.
Et ne laissez pas la misère
Gémir près de vous vainement :
Car Dieu, maître juste et sévère,
Vous fait venir en jugement.


Dans notre monde, où l'avarice
Convoite la part du lion,
Si vous n'atteignez dans la lice
Que le liard au lieu du million,

N'accusez ni Dieu ni les hommes ;

Pensez que bientôt même sort,

Pauvres orgueilleux que nous sommes,

Va nous rendre égaux dans la mort.

# LA PRIÈRE.

Vous qui vivez dans les alarmes,
Incertains de votre avenir;
Vous qui nourrissez, dans les larmes,
Quelque douloureux souvenir;
Vous qui perdez dans la souffrance,
Les doux rêves de l'espérance;
Vous tous, travaillés et chargés:
Agenouillez-vous sur la pierre,
Epanchez-vous dans la prière;
Soulagez vos cœurs affligés.

Dans l'angoisse et l'inquiétude,

Dans le péril et le malheur,

Dans toute épreuve et sentier rude,

Priez Dieu dans votre douleur.

Sous sa verge courbant la tête,

Dans une humilité parfaite,

Priez-le d'adoucir vos maux.

Bientôt un ange de lumière

Viendra fermer votre paupière,

Et veiller sur votre repos.


Dans la langueur, la maladie,

Adressez-vous au médecin

Qui rendit Lazare à la vie,

Et fit qu'un lépreux devint saint.

Il communique à la piscine

La vertu de sa main divine;

C'est à lui, dans l'infirmité,

Que, par une ardente supplique,

L'aveugle et le paralytique,

Doivent demander la santé.

La prière réconcilie
Avec le Dieu consolateur ;
C'est l'aveu de notre folie,
La repentance du pécheur.
Chaste soupir et sainte flamme,
C'est la grâce entrant dans une âme
Qui vers le ciel prend son essor.
C'est un retour à la patrie
Où toute douleur est tarie,
Mais où l'amour existe encor.


Buvez à la source d'eau vive
Qui fait converser avec Dieu ;
L'âme ici-bas, pauvre captive,
Trouve la paix dans le saint lieu.
Esclave, à la terre asservie,
En butte aux chagrins de la vie,
Son refuge est dans le Dieu fort ;
Où la créature abritée,
A contre la mer agitée,
Une retraite dans le port.

Priez Dieu dans votre jeunesse
Pour qu'il veille à vos premiers pas ;
Dans l'âge mûr et la vieillesse,
Pour qu'il ne vous surcharge pas.
Ce qu'il vous accorde à tout âge,
C'est l'espérance et le courage ;
Et si par votre charité,
Vous avez gagné la couronne,
Ce maître divin vous la donne,
Avec lui, dans l'éternité.

# LES MONDES.

Avez-vous quelquefois, la nuit dans le silence,
Contemplé, tout rêveur, les astres dans les cieux?
La plupart, points brillants où le feu se balance,
Sont de lointains soleils que découvrent nos yeux.
Autour de ces soleils, d'autres globes gravitent,
D'utiles végétaux couvrant leur nudité.
Des êtres comme nous probablement s'agitent
Dans ces mondes de peine ou de félicité.

Quoi! l'étoile qui brille, à notre esprit rappelle
Un soleil, entraînant son mouvant tourbillon;

Et mesurer l'abîme où luit cette étincelle,
Dépasse tout effort d'imagination.
Quel homme au cœur si ferme, en contemplant ces choses,
De vertige et d'effroi pourrait se garantir ?
Ajoutez-y la mort et ses métamorphoses,
Cercle fatal auquel tout doit s'assujettir.

Un astronome a fait cette peinture étrange :
Un globe de deux pieds figurant le soleil ;
Notre globe est un pois, Jupiter une orange,
Pallas au grain de sable est à peu près pareil.
Imaginez-vous donc cette effrayante masse
De notre globe, amas de pesants minéraux ;
Plus de soixante ainsi mus dans un même espace ;
Et l'un d'eux environ quinze cents fois plus gros.

Le soleil est au centre. A diverses distances
Et divers en grosseur, même loi les conduit,
Selon l'éloignement changeant leurs influences,
Astres pleins de lumière ou plongés dans la nuit.
Les uns près du soleil, tels Vénus et Mercure,
Sont les séjours bénis, les jardins du bonheur :

Et les plus éloignés ont une loi plus dure :
Le climat rigoureux, la disette et l'horreur.


O néant de l'orgueil ! O grandeur infinie !
Comment l'homme peut-il oublier dans son cœur
Qu'il n'est qu'une âme en peine, inquiète et bannie,
Ignorant son chemin, son but et son auteur !
Qui sait si, pour un temps, dans les mondes de peine,
Pour quelque grand péché, Dieu ne nous place pas ?
Mais oubliant l'offense et sa loi souveraine,
Quand la charité marche avec nous sur nos pas.


Peut-être sommes-nous ici bas pour des fautes
Qu'en un lieu plus heureux nous fîmes autrefois.
D'un monde misérable incorrigibles hôtes,
De notre Dieu toujours nous transgressons les lois.
Les ossements des morts, jonchant notre domaine,
Ne nous amendent pas ; et nous restons méchants.
C'est pourquoi nous voyons, dans notre race humaine,
Toujours les mêmes maux et les mêmes penchants.

De ces anges déchus punissant la malice,

Dieu les laisse exposés à leurs propres méfaits.

Quelques rares vertus, fléchissant sa justice,

Dans un monde meilleur vont goûter ses bienfaits.

La foule pécheresse habite nos vallées:

Tour à tour artisans, riches, nécessiteux.

Les mauvais cœurs s'en vont, aux terres désolées,

Ou revivent chez nous, pauvres, nus et honteux.


Hommes! Songez-y donc, la plus belle carrière

Aura le désespoir pour avenir certain,

Si vous n'avez pas fait, quand vient l'heure dernière,

Les œuvres de bonté que l'on doit au prochain.

Le devoir n'est pas moins que tout ce qu'on peut faire.

Aux saintes lois du Christ, qu'enfants vous embrassez,

Un cœur sec en priant pense en vain satisfaire:

Il faut faire du bien et même en faire assez.

# L'ART DE FUMER.

## INTRODUCTION.

De tous les agréments dont la vie est semée,
Si, m'en laissant un seul, on m'offrait à choisir,
Je voudrais m'enivrer dans les flots de fumée
Qu'un tabac savoureux, en brûlant, fait jaillir.
Quel bonheur, en hiver, par la neige et la glace,
De fumer près du feu! tout alors nous sourit.
Des soins inquiétants la pipe nous délasse,
Et ce charme est toujours favorable à l'esprit.

L'art de fumer n'est pas ce que croit le vulgaire,
Un simple passe-temps d'Amérique importé ;
C'est aux ennuis du monde, un repos salutaire,
Un utile talent, très-bon pour la santé.
Et moi, qui de sagesse et de raison me vante,
Je vais en enseigner les règles dans mes vers.
On verra les bienfaits que ce bel art enfante,
Et je vous en dirai les usages divers.

---

## QUELQUES BONNES PIPES.

Chaque peuple a sa pipe et suit sa fantaisie ;
C'est le doux calumet des indiens chasseurs ;
On fume le chibouk en Afrique, en Asie,
Et l'Allemagne entière accorde ses faveurs
A la pipe en faïence, avec tuyaux à pompe,
Offrant de beaux portraits à tous les yeux ravis ;
Mais la prévention nous fourvoie et nous trompe ;
Je vais donc sur ce point donner quelques avis.
La pipe d'Orient, qui se répand en France,
Est fort originale et très-bonne à fumer,

Mais à l'écume il faut donner la préférence ;

C'est la pipe classique, un fumeur doit l'aimer.

L'odorant merisier est le tuyau d'usage,

L'ambre le rend parfait ; mais le marchand rusé,

Vous offre quelquefois, pour gagner davantage,

Au lieu du merisier, le houx mal déguisé.

L'odorat garantit de la supercherie.

Je dois parler aussi de la pipe en roseau,

Au pot rouge africain ; Marseille est sa patrie ;

C'est une bonne pipe, un excellent tuyau.

J'aime la pipe en terre : on la fume à son aise,

Une pipe Gambier n'est pas à dédaigner.

Quelle bonne pipe qu'une pipe hollandaise !

Même aux pipes d'Arras on peut se résigner.

Quant aux légumes, bois et machines grotesques

Que pipes on vous vend, nous les mentionnerons

Comme des nouveautés d'un goût faux et burlesque,

Et bonnes, tout au plus, pour quelques fumerons.

Je n'aime pas non plus le caoutchouc, la corne ;

Mais dans cet art nouveau, tout n'est pas inventé ;

A ce dernier conseil, aujourd'hui je me borne,

Libre dans votre choix, aimez la propreté.

Mettez autant d'amour à soigner votre pipe,

Qu'un paisible hollandais en met dans son bonheur,

A soigner une rare et coûteuse tulipe;

A la pipe aisément on connait le fumeur.

---

## LE TABAC.

Apre et fort, le tabac que la terre nous donne,

Est semblable à beaucoup d'utiles végétaux.

Il est bon que la main de l'homme l'assaisonne;

De cette plante ainsi corrigeant les défauts,

On obtient un bienfait de la nature avare..

Récolté, le tabac, feuille à feuille étendu,

Salé, sèche et mûrit, lentement se prépare,

Et par des soins divers, son arôme est rendu

Moins mordant au palais, plus doux et plus suave.

Ce n'est qu'après beaucoup de travaux diligents,

Que ce baume salubre, enfin, défie et brave

Les goûts les plus parfaits et les plus exigeants.

La Havane est encore aujourd'hui renommée,

Pour le tabac exquis de ses riches planteurs;

De ces heureux climats la feuille parfumée

Va dans tout l'univers délecter les fumeurs;

Mais un autre tabac lui fait la concurrence

Et partage avec lui la gloire et le succès ;

Et ce tabac, lecteur, c'est celui de la France.

Il a même souvent facilité l'accès

Des grands de l'Orient, gouverneurs de provinces,

Qui vendent leurs faveurs, eux et leurs favoris.

Vous êtes protégé, fêté par tous ces princes,

Si vous pouvez offrir du tabac de Paris.

---

## LES CIGARES.

Si la pipe au fumeur est toujours agréable

Et se fume à Paris, à Berlin comme à Gand,

On désirait pourtant quelque objet fashionnable,

Pour les beaux fils, les dames et le monde élégant.

Le cigare a paru, magnifique insulaire :

Il ne s'offrit d'abord qu'aux fumeurs de la cour ;

Mais bientôt, en cachette, il plut au prolétaire,

Qui le fuma plus tard tout joyeux au grand jour.

On l'affublait jadis, d'un long tuyau de paille,
Et noirâtre, mal fait, d'un goût fort et commun,
Il piquait à la gorge. Enfin, vaille que vaille,
Tous les lions du temps savouraient ce parfum.
De nos jours, à coup sûr, un grand éclat de rire
Accueillerait, chez nous, ces fumeurs de gala ;
Le goût s'est épuré, la mode a son empire :
Il faut de purs Havanes et des Panatella,
Des Régalia, tous cigares admirables,
Et que je vous conseille au reste de fumer,
Si vous avez chez vous ces choses favorables,
Qui permettent d'avoir tout ce qu'on peut aimer ;
Mais le Gouvernement nous fournit des cigares,
Excellents et bien faits, à trois, quatre et cinq sous ;
On peut s'en contenter. Laissons donc les plus rares
Aux fumeurs pointilleux ; nous pouvons fumer tous
Pour quelques sous comptant ; car grâce à la régie,
Qui fait à l'étranger, tous les ans, des marchés,
Cigares et tabac sont, somme par magie,
A tous prix, en tous lieux, vendus sur nos marchés.

## PRATIQUE.

Bien fumer, ce n'est pas une petite affaire,

Ce ne sont pas les sots qui gagnent à ce jeu;

Pour que l'on applaudisse à votre savoir-faire.

Apprenez à bourrer, ni trop fort, ni trop peu.

Vos soins minutieux à tout doivent s'étendre.

Que la pipe toujours jusqu'au fond brûle bien;

Quand le feu s'en éteint, jetez tabac et cendres,

Un tabac rallumé ne valut jamais rien.

D'un breuvage propice humectez-vous la bouche;

Tassez votre tabac, fumez-le doucement;

Savourez son arôme, et, si l'honneur vous touche,

Culottez votre pipe en noir, artistement.

Mais aimable et poli, ne fumez près des dames

Que le cigare: aimez le Havane surtout;

Et l'amour sur vos pas fera brûler ses flammes.

Doux succès par lesquels vous arrivez à tout.

Imprégnez vos habits, imprégnez votre chambre

Du parfum distingué qu'exhale le fumeur.

Recherché dans vos goûts, servez-vous d'un bout d'ambre.

Et vous serez partout reçu comme un vainqueur.

## RÉFLEXIONS.

Le fumeur vit content: Nul soin ne l'importune,

La pipe est son délice et fait sa belle humeur;

Il regarde en pitié la gloire et la fortune,

Et le présent suffit à ce joyeux rêveur.

La fumée en spirale, aimable enchanteresse,

Par ses blancs tourbillons rend notre esprit pensif;

Elle est comme un miroir de l'humaine sagesse;

Fumer est très-moral, même très-instructif.

Pensez en regardant voltiger ces nuages,

Aux choses d'ici-bas qu'on peut leur comparer;

Ce sont de nos plaisirs les changeantes images,

D'insaisissables biens qu'on ne fait qu'effleurer.

O bonheur des heureux! O douceur de la vie!

Hélas! pourquoi sitôt vous ai-je donc perdus?

Et la lumière aussi, qui m'est déjà ravie!

Dois-je encore espérer, me serez-vous rendus?

Je suis comme l'oiseau maltraité par l'orage,

Et la feuille en plein vent qui commence à jaunir;

Ou comme le roseau détaché du rivage,

Voguant sur l'Océan vers un sombre avenir.

Quand le vent souffle bien, l'homme imprudent s'y fie;

J'ai vécu bien longtemps sans craindre ses effets;

Je suis vieux et vaincu, mais la philosophie

Dit de garder son cœur, et c'est ce que je fais.

Quand les choses vont mal, patient et docile,

J'évite, si je puis, la peine et le danger;

Je me flatte aisément et j'ai l'humeur facile,

Peu de chose suffit à me dédommager.

---

## A INÈS.

Charmante Inès, ici je finis mon ouvrage,

Et j'y mets votre nom comme un signe d'honneur.

Je n'exagère point ce légitime hommage

Au tabac qui souvent fut mon consolateur.

Vous qui ne connaissez que l'amitié fidèle,

Et qui, pleine d'attraits, de grâce et de fraîcheur,

Pouvez vous comparer à la fleur la plus belle,

Devez-vous, au tabac demander la saveur?

Aimable enfant, la mode est chose que j'ignore ;

Mais tant que vous plairont les innocents loisirs,

Attendez, croyez-moi, ne fumez pas encore.

Si plus tard, vous aimez le monde et les plaisirs,

Si, brillante, adorable, on vous voit dans les fêtes,

Enivrant tous les cœurs par vos jeunes appas ;

Alors, de temps en temps, rêvant à vos conquêtes,

Vers quelque lieu chéri daignez porter vos pas ;

Et là, régalez-vous, ma belle, d'un Havane.

A fumer doucement, sachez vous appliquer.

Mais pourtant, cachez-vous, aux regards du profane :

Les prudes et les sots pourraient vous critiquer.

# L'ARGENT ET LA CHARITÉ.

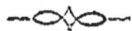

Méditant à l'écart sur les calamités

Qu'entretient le torrent de nos iniquités,

Je regardais un temple où la foule s'empresse,

Éprouvant tour à tour la joie et la détresse.

Ces hommes remuants, affairés, l'œil hagard,

Demandent la fortune à des jeux de hasard.

Avocats, médecins, dignitaires et juges,

Des soins de leur état déplorables transfuges,

Rêvent chemins de fer, quatre et demi pour cent;

Legain leur apparaît comme un dieu caressant.

Le bonheur insolent, à tous les yeux s'affiche,

Et couvre de mépris quiconque n'est pas riche ;

Les austères vertus, la paix, la piété,

Fréquentent peu ce lieu par la brigue agité.

Ah ! fuyons ce tumulte, et cherchons le silence,

J'aperçois un asile où règne l'innocence ;

Un orateur, au nom du Dieu de vérité,

Recommande aux chrétiens la foi, la charité.

L'auditoire à sa voix se montre-t-il docile ?

Est-il vraiment soumis aux lois de l'Evangile ?

Ces hommes ont Jésus pour modèle et pasteur,

Leur maintien recueilli marque bien la candeur,

Et la dévotion dont leur âme est remplie.

Voyons s'ils sont humains dans le cours de la vie.

L'un réclame une dette à des pauvres en pleurs,

Les poursuit en justice et perd ses débiteurs.

Un autre dit : Je dois consulter la prudence ;

Il faut donner, c'est vrai, mais je veux à l'avance,

Avoir cinq mille francs par an, de revenus ;

En a-t-il cinq ou six, bien certains, bien connus.

C'est peu, dit l'avarice, il faut au moins le double ;

Et le prévoyant homme à l'épargne redouble ;

D'excellentes raisons payez-vous désormais,

Quand la charité tarde elle ne vient jamais.

Enfin, c'est un Crésus, cousu d'or, de richesses ;

Oh ! celui-là, du moins, sait faire des largesses !

Quand vient l'hiver, il donne un secours de deux francs

Aux pauvres qui sont bien dix mille sur les rangs.

J'espère que voilà de quoi les satisfaire,

Les vêtir chaudement ! le feu, la bonne chère,

Pourront aller leur train. Cependant confessez,

Que pour vous, ô Crésus, cela n'est pas assez.

C'est partout l'égoïsme, aux discours hypocrites,

Insatiable, inhumain, et qui, de ses mérites

Complaisamment bercé, chaque jour s'applaudit,

Mais à qui Dieu dira : « Retire-toi, maudit ! »

Admirez comme ils sont fiers de leur prévoyance,

Et comme ils vont mener une douce existence !

Ils ont beaucoup d'amis, des biens, de la santé,

Ils peuvent s'endormir dans la sécurité.

Vite, vite, apportez les actions de Bourse ;

Apportez les contrats, vite, apportez la bourse ;

La mort vient ; quel chagrin s'ils laissaient leur argent,

Et leur bon portefeuille ! O spectacle affligeant !

Ils sont morts tous les trois. Chacun va sur la pierre,

De sa vertu posthume orner le cimetière.

Combien en trouvons-nous se targuant de la foi,

Qui ne sont que chrétiens de très-mauvais aloi !

On croirait, en voyant ces hommes à l'église,

Que le prédicateur en chaire évangélise

Des frères, des amis, qui n'ont que le salut

Et l'amour du prochain pour pensée et pour but.

Mais que de faux dévots, de notre connaissance,

Hypocrites fieffés, remplis d'impertinence !

Loups mêlés aux brebis, envieux, médisants,

Dissimulés, sans cœur, haineux et malfaisants,

Qui, pour les maux d'autrui, sont de marbre ou de glace,

Et chez qui l'égoïsme a la plus large place ;

Pharisiens méchants, avares, orgueilleux,

Comme ceux que Jésus, le regard sourcilleux,

Accablait sous le poids des divines colères,

Et que saint Jean-Baptiste appelait des vipères !

Ce sont des portraits vrais que je vous trace ici,

Je les connais, chacun peut les connaître aussi.

Chrétiens, ce mal est grand : il affaiblit l'Eglise ;

L'homme simple, indigné, s'en plaint, s'en scandalise,

Et, confondant souvent les bons et les mauvais,

Pour fuir tous ces Judas, vous quitte pour jamais.

A vos convictions, si vous voulez qu'on croie,

Regardez votre maître et marchez dans sa voie :

Aimez les affligés, imitez Jésus-Christ ;

Méditez l'Evangile et cherchez-en l'esprit ;

Ne l'interprétez pas au gré de l'avarice,

De votre superflu faites le sacrifice ;

Soyez humains au pauvre et doux au serviteur,

Nourrissez l'affamé, secourez le malheur.

Prodiguez les bienfaits, montrez-vous équitables,

Miséricordieux, patients, pitoyables ;

Sans cela, Dieu repousse une dévotion

Qui n'est qu'hypocrisie ou superstition.

Il est, je le sais bien, des enfants de lumière,

Chez qui la vérité veut régner tout entière,

Qui suivent l'Evangile, en tout, de point en point ;

Qui savent leurs devoirs, et ne transigent point.

Francs, désintéressés, obligeants, droits, affables,

Meilleurs, s'il est possible, avec les misérables ;

Prenant part à leurs maux, soulageant leurs besoins

Et leur dissimulant ces charitables soins.

Mais le signe surtout qui les fait reconnaître,

C'est qu'ils sont bienfaisants... Ainsi puissiez-vous être.

# AIMEZ-VOUS.

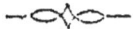

Seigneur, je crois que cette terre
Est un lieu de punition;
Que les chagrins et la misère
Sont dans notre condition;
Que la vie, épreuve cruelle,
Porte l'effet de ton courroux;
Que la vertu douce et fidèle
N'est pas heureuse parmi nous.

Je crois que l'esprit de malice
Triomphe de la vérité;

Que la dure et froide avarice
Laisse languir la pauvreté ;
Que le vieillard dans l'opulence
N'a pas pitié de l'orphelin,
Et que ceux qui font l'abondance
Manquent de froment et de lin.

Cependant, tu vis, Dieu propice,
Tu compâtis à nos tourments ;
C'est ton amour et ta justice
Qui mesurent nos châtiments.
Dans nos souffrances éphémères,
Dans nos courtes félicités,
Tu pèses les justes salaires
Que les hommes ont mérités.

Comme le pensait Origène,
Sommes-nous des anges bannis,
Subissant ici-bas leur peine,
Et selon leurs fautes punis ?
Ou, maîtres de grands héritages,
Et déshérités tour à tour,

Nous donnes-tu, sur ces rivages,

A chacun un juste retour?


Secret divin! divin prodige!

Seigneur, nous ignorons ta loi:

Notre esprit, frappé de vertige,

S'égare en montant jusqu'à toi.

Mais tu vis, source intarissable;

Ta bonté, prodiguant les dons,

Pourvoit d'aliments notre table,

Et nos corps de fines toisons.


Il vous dit: Croissez, bois, verdure,

Fruits d'automne et fleurs du printemps;

N'es-tu pas son œuvre, nature,

Fécondité de tous les temps?

Moissons, richesse universelle,

Lait savoureux, miel et troupeaux,

L'abondance partout ruisselle

De ses innombrables canaux.


Divin maître, à l'homme indocile

Et tourmenté de soins jaloux,

Le Christ . annonçant l'Evangile,
Sème la parole: Aimez-vous !
Qu'à cette voix l'homme s'incline,
Au malheureux tendant la main.
Saint amour, charité divine,
Convertissez le genre humain.

Aimez-vous ! aimez-vous, mes frères !
L'ange du mal est combattu.
Commencez les destins prospères
Que Dieu réserve à la vertu;
Et remplis d'une ardeur nouvelle,
Attendant votre dernier jour,
Dans une amitié fraternelle
Vivez d'espérance et d'amour.

# A MES AMIS.

Si le bonheur ne suit, vaine est notre prudence.
Aux labeurs, aux devoirs je consacrais mes jours;
Et je vivais en paix, pensant, ô Providence !
    Que sur nous tu veillais toujours.

J'ai beau prendre en mon cœur la constance pour règle,
Pauvre, aveugle et meurtri, je descends au tombeau;
Jeune encore et vaillant, je me vois comme un aigle
    Pris et vaincu par un corbeau.

J'ai pourtant des amis, pléïade secourable,
De générosité champions et rivaux.

Je puis citer encore une vierge adorable,
     Qui pour sa part charme les maux.


Leurs noms, que dans mes chants j'espère un jour écrire,
Sont comme une oasis au-dessus du néant.
Je voudrais leur bâtir un ouvrage en porphyre,
     Surmonté d'un lion géant.


C'est dans les jours mauvais que leur amitié brille,
Et que je troùve en eux d'agréables soutiens,
D'affables protecteurs que toute ma famille
     Voit comme des anges gardiens.


A de tels souvenirs quand le barde s'enflamme,
L'ami reconnaissant vous suit jusqu'au trépas;
Car nous avons ce feu pur et saint dans notre âme,
     Qui vient du Ciel et ne meurt pas.


La muse est une voix de céleste origine:
En exil ici-bas, Dieu la veut éprouver.
C'est pourquoi du malheur, ô ma lyre divine!
     Tu n'as pas su me préserver.

Que doux soit l'avenir aux amis que j'honore;

Que sur leurs noms aimés, quand les ans passeront,

Dieu sème les bienfaits; et qu'il bénisse encore

Les enfants qui leur survivront.

# MON TESTAMENT.

Enfants, je me prépare à l'heure solennelle
Où la vie apparaît comme un enseignement;
Et selon la coutume antique, universelle,
Je vous lègue mon bien. Voici mon testament:
Dans mon zèle soigneux, ma tendresse de père,
Je mets tout à profit: Je dois à tout songer;
Et mon inquiétude active et salutaire
Voudrait, même après moi, toujours vous protéger.
Je vais donc vous laisser, en mourant, ma richesse,
Et vous pourrez vous faire un avenir fort doux;

Gardez cet héritage, enfants, c'est la sagesse,
Que, dans mes derniers temps, je recueille pour vous.
Comme un arbre flétri, dépouillé de l'écorce,
L'homme chargé d'ennuis et l'esprit abattu,
Quelquefois porte un poids au-delà de sa force ;
Et le monde croit voir chanceler la vertu,
Quand, lasse et dégoûtée, une pauvre âme humaine
S'épuise en vains efforts, patiente à souffrir.
Ce fut là mon destin ; qu'au moins je vous apprenne
Par de sages conseils à vous en garantir.
Je ne vous ferai pas de morale stérile ;
Instruit par le passé, mon amour soucieux
S'inspire des leçons d'une prudence utile :
Je veux faire de vous des esprits sérieux.


Ne sacrifiez pas le devoir au bien-être,
Afin de voir un jour votre nom respecté.
Souvenez-vous, enfants, que le Souverain Maître,
Dieu, qui lit dans nos cœurs, bénit la probité.
Attachez aux talents une noble poursuite :
Mais sachez que chez nous la pauvreté leur nuit ;
Car ordinairement une folle conduite

Entretient les effets du malheur qui les suit.

Si vous voulez tenir une place honorable

Et dans le monde avoir un plus facile accès,

Possédez quelque bien : c'est chose désirable ;

Et le courage, enfants, a souvent du succès.

Prenez donc du travail la précoce habitude ;

Les commencements ont des ennuis, des lenteurs ;

Le temps, l'honnêteté, le goût, l'exactitude

Couronnent à la fin les plus humbles labeurs.

Forts de votre jeunesse, entrez dans la carrière :

Etudiez le monde et soyez confiants.

De la dernière place, on voit à la première,

S'avancer pas à pas les hommes patients.

Montrez dans votre état une âme vigilante ;

Que vos soins assidus et votre activité

Découvrent tous ces riens dont l'action constante

Est l'âme et le secret de la prospérité.

Fuyez ces amitiés, liaisons dangereuses,

Qui vivent de licence, agréable poison ;

Ayez quelques amis, personnes vertueuses,

Qui sachent au plaisir allier la raison.

Evitez le regret de la folle dépense ;

Dans la paix, le devoir, soutenez votre cœur.
Soyez prêts et joyeux; viendra la récompense
Que reçoivent toujours la constance et l'ardeur.

Soignez vos vêtements et votre nourriture;
Demandez au grand air, à la sobriété
De vous faire un corps sain, riche et solide armure:
L'homme est plus courageux dans la bonne santé;
Qui la perd n'est bientôt qu'un fantôme inhabile.
Ménagez ce trésor d'un suprème intérêt:
Le gaspiller en vain, c'est faire l'imbécile,
Et braver un fléau qui nous tient en arrêt.
Représentez-vous bien cette imprudence haute,
Par le chagrin qui suit la sottise et l'abus:
Etre inutile à tous, et dire: c'est ma faute,
Finir dans les ennuis la vie à ses débuts.
Quand le dispensateur des choses de la terre
Eprouve la vertu. nous cédons au Dieu fort;
Et sa bonté nous rend quelque bien qui tempère
La souffrance morale et la rigueur du sort.
Enfants. que Dieu vous donne une santé fleurie!
Que la beauté de l'âme et la beauté du corps

Illuminent vos traits, et que l'amour sourie
Quand vos jeunes amis entendront vos accords !

Enfants, si quelque jour, craignant la solitude,
D'une douce union vous cherchiez la faveur,
C'est là, mes bien-aimés, que ma sollicitude
A droit de vous instruire : il s'agit du bonheur.
Ce que je vous dirai, c'est que le mariage,
Si l'on n'y prend bien garde, est un pas épineux ;
Tâchez de n'en pas faire un triste apprentissage,
Car c'est un doux état ou c'est un joug affreux.
Cherchez donc un époux d'un caractère honnête,
A la raison fidèle, aimant peu les plaisirs,
Ferme dans le devoir, qui, personne discrète,
Au bien de sa maison borne tous ses désirs.
Et, comme on doit penser que viendra la famille,
Pour avoir des enfants gais, sains et vigoureux,
Choisissez un époux chez qui la santé brille :
Vous aurez moins besoin de médecins pour eux.
N'oubliez pas non plus qu'il faut dans un ménage,
Avoir des revenus. Pensez donc au budget.

Celui qui sans cela veut goûter du servage,
Se met dans la misère et traîne le boulet.

Enfants, si l'un de vous a le sort favorable,
Que celui-là vous soit un heureux bienfaiteur;
Qu'il se montre toujours un frère secourable,
Et de vos intérêts le zélé protecteur.
Conservez entre vous l'amitié qui console,
Joignez-vous à celui qu'un danger poursuivra;
N'eussiez-vous à donner qu'une bonne parole,
Entr'aidez-vous, enfants, chacun y gagnera.

A MONSIEUR LE COMTE

# LOUIS DE CAMBACÉRÈS.

Cambacérès, il est de paisibles conquêtes
Qui pour l'homme ne sont qu'occasions de fêtes ;
Et qui, dans tous les cœurs, à le suivre empressés,
Lui montrent les trésors par ses mains amassés.
Le peuple le couronne après chaque victoire ;

Le bonheur et l'amour accompagnent sa gloire ;
Il est au premier rang, nommé l'un des premiers,
Et l'orage et les vents respectent ses lauriers.

La générosité goûte ainsi les délices
Qu'elle sème autour d'elle, et les astres propices,
Gardiens de la vertu, prodiguent les faveurs,
A ces mortels aimés, qui sont nos protecteurs.

Ton nom, l'un des plus beaux dont la France s'honore,
Appartient à l'histoire. On se rappelle encore
Cet archi-chancelier, ministre glorieux,
Qui vaut seul une race et de puissants aïeux ;
Mais la gloire est aux siens commune et familière.
Instruits par les échos d'une maison princière,
Dès le berceau, l'honneur se fait entendre à vous.
Bientôt, en grandissant, vos plaisirs les plus doux
Sont les nobles travaux, les concours populaires ;
Et là vous vous montrez aussi grands que vos pères.

Je n'ai donc pas besoin de vanter la mémoire
D'un nom qu'on trouve écrit partout dans notre histoire.

D'ailleurs, qu'en serait-il ? Ne voit-on pas souvent
Les heureux de ce monde, au sommet arrivant,
S'endormir dans la paix d'un tranquille bien-être.
Oublieux, fainéants, qu'on devrait méconnaître ?


Ce que je veux louer, c'est le civil accès
Qu'on trouve en ta maison, comte Cambacérès;
Car, toujours bienveillant, libéral et facile,
Tu ne veux pas briller d'un éclat inutile.
Ton cœur, qui s'ennoblit des services qu'il rend,
Aux intérêts d'autrui n'est pas indifférent.
Député, tu te plais à donner assistance
A tes nombreux clients, et dans ta vigilance,
De leurs nécessités tu te fais informer,
Tu sais qu'on sert le trône en le faisant aimer.
Patron doux et puissant, représentant fidèle,
Tout ce que tu promets, tu le fais avec zèle.


Honnête homme, esprit droit, loyal et délicat,
Tu ne vois que ton Prince et le bien de l'Etat.

On te sait l'ennemi de ces tristes cabales
Que suivent les partis et les âmes vénales.
Dans les décisions, au bon droit menacé
Tu n'apportes jamais un vote intéressé.


Voilà le politique. Enfin, ce qu'il faut dire,
Ce qui vous rend plus grands, ce que le monde admire,
C'est ce soudain élan, cet esprit généreux
Qui vous porte au-devant de tous les malheureux ;
Et les Cambacérès, vous accordant leur aide,
Leur âme est à l'affaire où leur voix intercède.
Ici, j'hésite et n'ose ajouter rien de plus;
Car vous fuyez l'éclat et cachez vos vertus.
Je ne veux pas lever le voile respectable
Dont aime à se couvrir votre main charitable.


Heureux le souverain, conduit par la raison,
Qui prend de tels amis pour garder sa maison!
Ils sont autour de lui comme une douce amorce;
On les aime, et, crois-moi, l'amour c'est une force.

# LE BONHEUR.

Sur les flots que la brise agite ,
Le ciel est calme et souriant.
Zéphire au bonheur nous invite ,
Le soleil brille à l'Orient ;
Les fleurs parfument le rivage,
Que, le cœur joyeux, je parcours.
Beaux oiseaux , charmez le bocage ,
C'est le bonheur, chantez toujours !

Un esquif sur l'onde mouvante ,
Comme un cygne, élégant nageur,

Porte un voyageur sous la tente ,

Près d'une vierge au front rêveur .

Jeune beauté suave et pure.

A leurs doux regards, les amours

Semblent réjouir la nature.

C'est le bonheur, aimez toujours !

Un jeune homme ardent voit la gloire ,

La célébrité, les hasards;

A l'espérance il aime à croire ,

Enfant de Bellone ou des arts.

Il parle à la foule idolâtre,

Il reçoit les grands tous les jours;

Il suit la cour et le théâtre :

C'est le bonheur qu'il voit toujours.

Plus tard, il rend à la richesse

Les honneurs d'un culte exigeant,

Et croit donner à la sagesse

Tous les soins qu'il donne à l'argent.

De fixer la chance il se flatte;

De la Bourse il connaît le cours;

Et, pendant qu'au but il se hâte,
Le bonheur disparaît toujours.

Que le parvenu magnifique
Jette à foison l'or au plaisir !
Spectacles, banquets et musique,
Tour à tour vont le divertir.
Mais s'il a pour lui la fortune,
L'ennemi le prend à rebours :
La satiété l'importune :
Le bonheur le trompe toujours.

Illusion, vaine poursuite,
Heureux espoir bientôt déçu,
Vous nous menez à votre suite,
Et le temps passe inaperçu.
Votre voix au loin nous appelle ;
L'homme, arrêté par maints détours,
S'épuise à la course, il chancelle :
Le bonheur s'éloigne toujours.

Au bonheur on rêve à la ronde,
Et bien souvent, sages et fous,

Nous le cherchons par tout le monde,

Pendant qu'il nous attend chez nous.

On le trouve où l'enfant babille,

Il se plaît aux joyeux discours ;

Quand il vient, c'est dans la famille

Que le bonheur descend toujours.

# NOTES.

# NOTES.

(¹) Je récitais à un de mes amis, homme de goût et de bon sens, les deux épisodes suivants qui ont été supprimés de *l'Art de fumer*, contenu dans cet ouvrage. Le premier commençait le chapitre : *Quelques bonnes pipes*, et le second, *le Tabac*. Je lui dis que tous les deux se trouvaient dans *l'Art de fumer* de Barthélemi, ouvrage que je ne connais pas, soit dit en passant. Il en fit un si grand éloge que je crus avoir fait quelque chose de bien. Il est très-probable que si je lui eusse dit que ces vers étaient de moi, il se fût montré plus sévère. Voici ces deux morceaux :

Le postillon dormant, un jour la diligence,
Faute d'attention, verse dans un fossé.

Alors, triste et confus de cette négligence,

Le conducteur croyait tout le monde blessé.

Un gros homme beuglait comme un veau qu'on égorge,

Et d'autres voyageurs prenaient le même ton;

Une nourrice en pleurs se démontait la gorge

A crier au plus fort avec son nourrisson.

Un monsieur du coupé, son enfant et sa dame,

Augmentaient le vacarme. Enfin, sanglots et cris

Venaient de tous côtés : c'était à fendre l'âme.

Le brave postillon n'en était pas surpris.

Tombé sous ses chevaux, prestement il s'en tire;

Et, remis sur ses pieds, il restait là debout,

Les regardant avec un flegme à faire rire.

Il savait que souvent on est quitte du tout

Pour quelques quolibets, quand la peur est passée.

Il fouille dans sa poche et crie au conducteur :

Ah! quelle chance! ma pipe n'est pas cassée.

Ce sang-froid lui faisait, certes, beaucoup d'honneur.

J'aime ce trait; j'ai dû vous le faire connaître;

Il peut très-bien servir d'exemple à mes leçons :

Il montre de quel prix la pipe vous doit être;

Mais revenons, comme l'on dit, à nos moutons.

On ne vante plus tant le tabac de Belgique :
Chacun sait, sur ce point, à quoi s'en rapporter.
Je dirai cependant le procédé rustique
Employé quelquefois pour nous en apporter.
Certain contrebandier de la sorte s'arrange :
Il régale ses chiens, les flatte en sa maison ;
Conduits après cela dans quelque vieille grange,
On les charge d'abord, et sans plus de façon,
On les pille, on les rosse, enfin on les maltraite.
On ouvre alors la porte, et grand sauve qui peut,
Tous les chiens de courir : chacun va d'une traite
Au logis bien-aimé. C'est là tout ce qu'on veut.
Ces fouetteurs de chiens en douaniers s'habillent ;
Les chiens prenant en haine ainsi les douaniers,
A la vue des habits, des gens qui les houspillent,
En aiment d'autant plus leurs bons contrebandiers.
Le plus souvent encore, on lance sur la voie
Des chiens chargés de paille, afin que les commis
Par la ruse trompés, poursuivent cette proie,
Et le butin alors échappe aux ennemis.
Cependant, d'ordinaire, en fait de contrebande,
C'est quelque pauvre diable à pied, portant à dos,
Quelquefois, un chien seul, acheté d'une bande,
Vieux serviteur qui n'a que la peau sur les os.

A Saint-Amand, jadis, vivait un vieux ménage,

Couple obscur, indigent, qu'un chien entretenait.

Il partait le matin pour chercher son bagage,

Et le soir, sans manquer, toujours il revenait.

Du tabac rapporté le mince bénéfice

Suffisait aux besoins des modestes époux.

Un douanier zélé connut cet artifice,

Et le pauvre animal expira sous ses coups;

Le bon chien mort, bientôt tout espoir abandonne

Les malheureux alors, qui prenant le bissac,

Finirent tristement leurs vieux jours à l'aumône.

C'est assez; maintenant, parlons du bon tabac.

---

(²) Voici, sur le même sujet, un fragment d'un petit ouvrage que j'ai fait dans ma jeunesse et qui a été perdu. C'est le seul passage que je me sois rappelé.

. . . . . . . . . . . . . . . . . . . . . .

Ces deux anges étaient Zélie et Josie.

De l'une les cheveux, sur ses deux blanches ailes,

Tombaient en boucles d'or. De vives étincelles

Sortant de son œil bleu, limpide, doux et pur,

Se formaient en rayons de lumière et d'azur.

Et, sur son frais visage, aux teintes purpurines ,

On voyait éclater mille grâces divines :

La jeunesse , l'amour, la beauté, la candeur ,

Et toutes les vertus qui donnent le bonheur.

Heureuse adolescente, au corps blanc, diaphane ,

Se nourrissant au ciel de rosée et de manne,

Elle allait tous les jours , aux pieds du Roi des cieux ,

Chaste enfant, répéter son cantique pieux.

Ses paroles vibraient, douces , harmonieuses ,

Et remplissaient l'écho de notes gracieuses ;

Sa bouche embaumait l'air de suaves odeurs ,

Semblables aux parfums du calice des fleurs.

Et Dieu voyant si belle une vierge si pure ,

Admirait son ouvrage ; aimait sa créature.

# TABLE DES MATIÈRES.